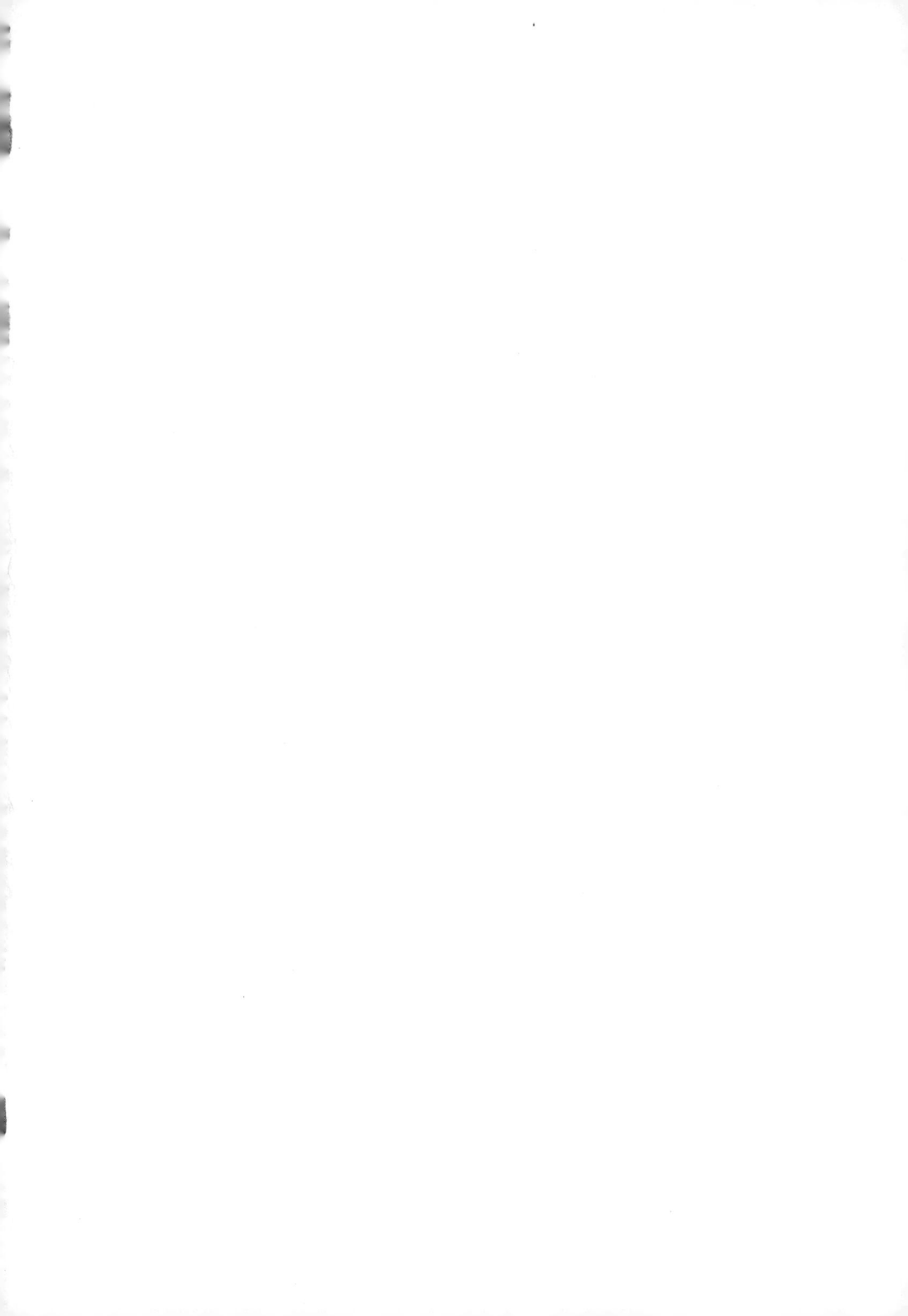

アップルパイたべて
げんきになぁれ

茂市久美子●作
狩野富貴子●絵

国土社

山《やま》のふもとの町《まち》に、小さなケーキ屋《や》さんがありました。
町《まち》で一《いち》ばんふるいケーキ屋《や》さんです。
店《みせ》では、おじいさんがひとりで、ケーキをつくっています。

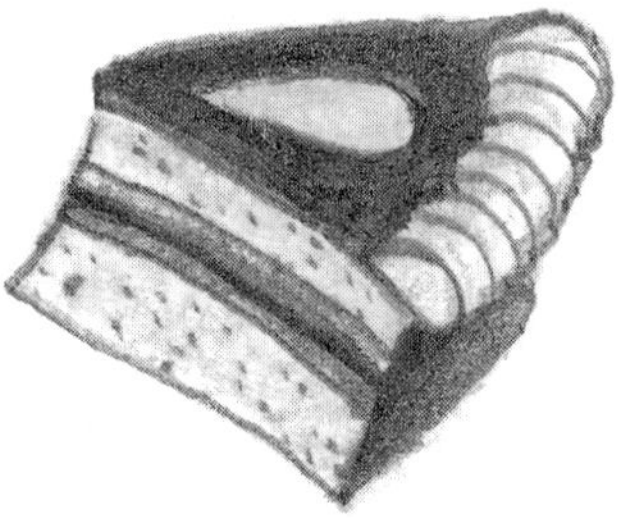

イチゴをたくさんのせた
ショートケーキ、
しんせんなミルクと
タマゴでつくったプリン……。
おじいさんのケーキはどれも、
ほかの店《みせ》より、ちょっと大《おお》きめで、
たべたひとの心《こころ》をしあわせにします。
そんなおじいさんのケーキを買《か》いに、
むかしは、町中《まちじゅう》のひとが
やってきたものでした。

ところが、もうずいぶんまえから、おじいさんの店《みせ》にやってくるひとは、あまりありませんでした。町《まち》には、あたらしいケーキ屋《や》さんが、なんげんもできて、ふるい、おじいさんの店《みせ》には、しだいに、おきゃくさんがこなくなったのです。

(店《みせ》をつぐものもいないし、そろそろ店《みせ》をしめたほうがよいかな)

ちかごろ、おじいさんは、毎日《まいにち》のように、かんがえるのでした。

ところが、秋《あき》もふかまった、ある夜《よる》。

ふしぎな男《おとこ》の子《こ》が、店《みせ》にやってきたのです。

男《おとこ》の子《こ》は、ケーキをならべたケースのまえにたつと、からだをかがめて、きょろきょろしました。

「あっ、アップルパイがあった！」

「ぼうや、アップルパイを買《か》いにきたのかい？」

おじいさんがたずねると、男《おとこ》の子《こ》は、こんなことをいいました。

「アップルパイ、ほんのちょっぴり、
あじみさせてくれる？」

「え？」

　おじいさんは、いっしゅん、
きょとんとしました。

　でも、すぐに、

（きっと、この子《こ》は、
あじみをしてから、買《か》うつもりなのだろう）と、おもいました。

　そこで、ケースから、アップルパイをとりだすと、
ひと口《くち》きって、お皿《さら》にのせ、男《おとこ》の子《こ》にさしだしました。

すると、男《おとこ》の子《こ》は、
アップルパイにはなをちかづけて、
くんくん、においをかぎました。
それから、口《くち》のなかにいれると、
もぐもぐ口《くち》をうごかして、
まんぞくしたように、
大《おお》きくうなずきました。
「やっぱり、すごくおいしい！」
おじいさんは、そんな男《おとこ》の子《こ》を
見《み》ながら、顔《かお》をほころばせました。

アップルパイは、ケーキのなかでも、
おじいさんが、とくに、
とくいなものなのです。
さくさくのパイ生地《きじ》のなかには、
あまずっぱいリンゴが
たっぷりはいっています。
「じゃあ、これ、のこしても
しょうがないから、ごちそうしよう」
おじいさんが、さっき、
きってのこした、アップルパイをだすと、

男《おとこ》の子《こ》は、やったあというように、
かたをすくめて、りょうてをにぎりしめました。

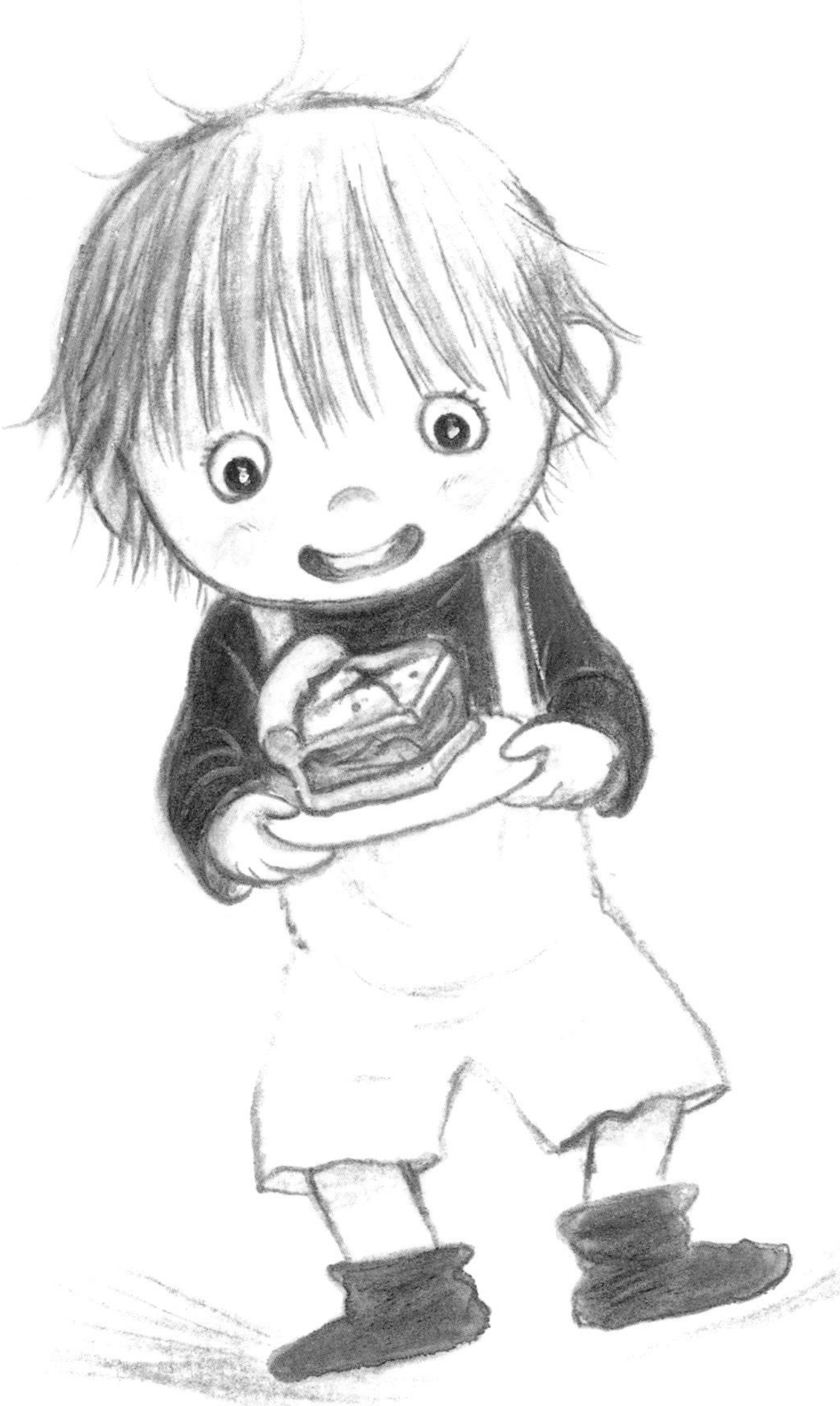

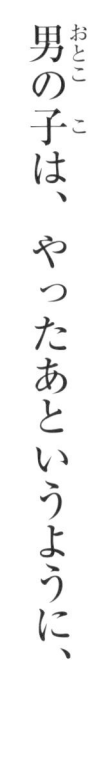

そうして、アップルパイを、
ゆっくりあじわうように
たべおわると、
くちびるのまわりを
なんどもなめました。
　それから、おじいさんを、
そんけいするような
目《め》で見上《みあ》げると、
「どうもごちそうさまでした」
と、頭《あたま》をさげて、

あっというまに、店《みせ》からいなくなっていました。

「あれっ、あじみしただけで、かえってしまった。
見《み》かけたことのない子《こ》どもだったけど、
どこからきたんだろう？」

ひとりになると、おじいさんは、あきれてわらいました。

それからなん日《にち》かたった、朝《あさ》のことです。

おじいさんが店《みせ》をあけると、いきおいよくはいってきたおきゃくさんがありました。

おきゃくさんを見《み》て、おじいさんは、おやまあと口《くち》をあけました。

あの男《おとこ》の子《こ》だったのです。

「おはよう。また、アップルパイを、あじみしにきたのかい？」

男《おとこ》の子《こ》は、頭《あたま》をよこにふりました。

「きょうは、おねがいがあってきたんだ」

「ほう、どんなおねがいがいかな？」

男《おとこ》の子《こ》は、
こんなことをいいました。
「おいらと
いっしょにきて、
アップルパイを
つくってほしいんだ」
「なんだって？」
　おじいさんがぽかんとすると、
男《おとこ》の子《こ》は、おじいさんを
上目《うわめ》づかいに見《み》ました。

「だめ？　町《まち》のケーキ屋《や》さんを、
ぜんぶあじみしてみたけど、
おじいさんのアップルパイが、
やっぱり一《いち》ばんだったんだ」
　それをきくと、
おじいさんは、
おもわず顔《かお》が
くずれそうになるのを、
ぐっとこらえていいました。

「きょうは、だめだけど、
こんどの日曜日《にちようび》だったら、
店《みせ》がやすみだから、いいよ」
「ほんと？
じゃ、こんどの日曜日《にちようび》、
むかえにくるからね」
　男《おとこ》の子《こ》は、ほっとした顔《かお》をすると
このまえみたいに、
あっというまに、
店《みせ》からいなくなっていました。

日曜日《にちようび》の朝《あさ》、男《おとこ》の子《こ》が、
おじいさんをむかえにやってきました。

「アップルパイをつくるざいりょうは、ちゃんとそろっているんだろうね？」

おじいさんが、でかけるまえに、たずねると、男《おとこ》の子《こ》は、しまったという顔《かお》をしました。

「リンゴがあるから、あんしんしてた」

「じゃあ、こなや、さとうや、バターは？」

男《おとこ》の子《こ》は、頭《あたま》を左右《さゆう》にふりました。

おじいさんは、　やれやれと、　ためいきをつくと、
いそいで、　もっていくざいりょうを、　よういしました。

しばらくして、おじいさんは、
大《おお》きなふくろをもって、男《おとこ》の子《こ》のあとから、
店《みせ》のうらにある山《やま》のなかを、あるいていました。
ふくろのなかには、さとうやバターのほか、
パイ皿《ざら》や、のしぼうなど、
アップルパイをつくるときに
ひつようなどうぐがはいっています。
山《やま》では、木《こ》の葉《は》がちりはじめていました。

「まさか、山《やま》につれてこられるとは、おもってもみなかった。
いったい、どこまでいくんだい？」
おじいさんが、ふうふう、いきをきらしながら
たずねると、男《おとこ》の子《こ》は、ふりかえってこたえました。

「山《やま》を三《みっ》つ、こえたところ」

「なんだって！

山《やま》を三《みっ》つもこえるなんて、

わしには、むりだよ」

おじいさんが、びっくりしてたちどまると、

男《おとこ》の子《こ》は、おじいさんのそばにきて、

ポケットから、小《ちい》さなリンゴをとりだしました。

「これをたべると、きっとげんきになるよ」
「もしかして、アップルパイは、
このリンゴでつくるのかい？」
リンゴは、おじいさんのてのひらに、
すっぽりおさまるほどの大《おお》きさです。
まっ赤《か》で、とてもよいかおりがします。

「ほお、おいしそうなリンゴだ」

ところが、おじいさんは、
リンゴをひと口《くち》たべて、
おもわず口《くち》をすぼめました。

「わあ、すっぱい！
こんなにすっぱいリンゴは、
ひさしぶりだ。
そういえば、
むかしのリンゴは、
このくらいすっぱかったなあ」

おじいさんは、そんなすっぱいリンゴで、
アップルパイをこしらえた、わかいころのことを
なつかしくおもいだしました。

すると、この小《ちい》さくて、すっぱいリンゴで、
たまらなく、アップルパイを、
つくってみたくなったのです。

「山《やま》を三《みっ》つもこえるなら、ぐずぐずしてなんかいられないぞ」

おじいさんは、リンゴをいそいでたべおわると、ふたたびあるきはじめて、あれっとおもいました。

荷物《にもつ》が、まえよりかるくかんじられます。

足《あし》も、かるくなって、なんだかわかいころにもどったみたいです。

「こんなにげんきになるなんて、すごいリンゴだ！」

おじいさんは、いきも、そんなにきれなくなりました。

山《やま》を三《みっ》つこえると、木《こ》の葉《は》がすっかりおちた林《はやし》の中《なか》に、
ぽっかりとあいた草地《くさち》がありました。
そのまんなかには、一本《いっぽん》のリンゴの木《き》がありました。

リンゴの木《き》には、まっ赤《か》な小《ちい》さな実《み》が、
たくさんなっています。

「この山《やま》には、すごくすっぱいけど、
げんきになるリンゴの木《き》があるってきいて、
おいら、いっしょうけんめいさがして、
この木《き》を、やっと見《み》つけたんだよ」

（げんきになるリンゴだって？
それで、さっきは、あんなにげんきになったんだ！）

おじいさんが、びっくりして、リンゴの木《き》を見上《みあ》げると、男《おとこ》の子《こ》がいいました。

「みんなにたべられてたら、どうしようって、しんぱいしてたけど、こんなに実《み》がなってて、よかった。きっと、すっぱいから、だれにもたべられなかったんだね。おかげで、アップルパイがつくれる」

男《おとこ》の子《こ》は、うれしそうにわらうと、きゅうにあらたまって、頭《あたま》をさげました。

「では、きょうは、よろしくおねがいします」

「でも、どこで、つくればいいんだい？」

おじいさんが、あたりを見《み》まわすと、男《おとこ》の子《こ》は、ちかくの、こぶのついた、ふといブナの木《き》のうしろにきえて、おじいさんをよびました。

「こっちだよ」

声《こえ》のするほうにいって、おじいさんは、目《め》をぱちくりさせました。なんと、そこには、子《こ》どものタヌキが、はずかしそうにたっていたのです。

「おいら、ゆうたろう。よろしく」
ゆうたろうのよこには、
大《おお》きなきりかぶの
テーブルがあります。
ちかくには、石《いし》をつんで
つくった、かまどや、
パイをやく、かまもあります。
「こ、これ、もしかして、
いま、まほうでだしたのかい？」

おじいさんが、おどろいて、
口《くち》をぱくぱくさせると、
ゆうたろうは、
じまんするように
いいました。
「このまえ、
にいちゃんにたのんで、
つくってもらったんだ」

「きみには、おにいさんがいるのかい？」

「うん。にいちゃん、家具屋《かぐや》さんで、はたらいているんだ」

「なんだって！　どこの、なんていう店《みせ》だい？」

おじいさんが、びっくりしてたずねると、ゆうたろうは、くびをよこにふりました。

「ないしょ」

「……」

おじいさんは、
しんじられない
顔《かお》をすると、
気《き》をとりなおして、
もってきたざいりょうやどうぐを、
テーブルの上《うえ》にだしました。
「じゃあ、はじめようか。
リンゴをとってきてくれるかい」
「はあい」

ゆうたろうが、 リンゴを
とってくると、 おじいさんは、
かわをむいて、
いちょう切《ぎ》りにしました。
それから、 なべに、
リンゴとさとうをいれて、
かまどの火《ひ》で
ことこと、 にました。

リンゴがにえると、ゆうたろうがいいました。
「これ、さめてから、生地《きじ》にいれるんでしょ」
「おや、つくりかた、
しってるのかい？」
おじいさんが、いがいな顔《かお》をすると、
ゆうたろうは、頭《あたま》をふりました。
「にいちゃんが、このまえ、
だいたいのつくりかたをきいてきて、
おしえてくれたんだ」
「ほお、よいおにいさんだねえ」

おじいさんが、目《め》をほそめると、
ゆうたろうは、
「リンゴをさますのは、
ぼくにまかせて」
と、リンゴにむかって、
にんにん、おまじないを
となえました。

すると、リンゴは、たちまち、
ひんやりと、つめたくなったではありませんか。
（まるで冷蔵庫《れいぞうこ》からとりだしたようだ！）
おじいさんは、目《め》をぱちぱちさせました。

おじいさんが、小麦粉《こむぎこ》に
バターをくわえて、パイの
生地《きじ》をつくっている
あいだに、ゆうたろうは、
まきをもやして、
石《いし》のかまを
あつくしました。
おじいさんは、
パイ皿《ざら》に生地《きじ》をしくと、
さっきのリンゴをのせ、

のこりの生地《きじ》をかぶせて、
その表面《ひょうめん》に、フォークで
あなをあけました。
まもなく、かまに、
アップルパイをのせた
パイ皿《ざら》がはいりました。
アップルパイがやけるにつれて、
あたりに、バターとリンゴの
においがあふれだしました。

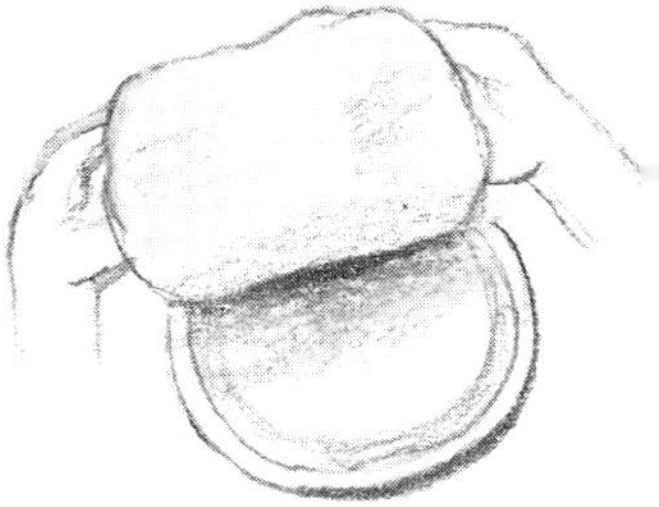

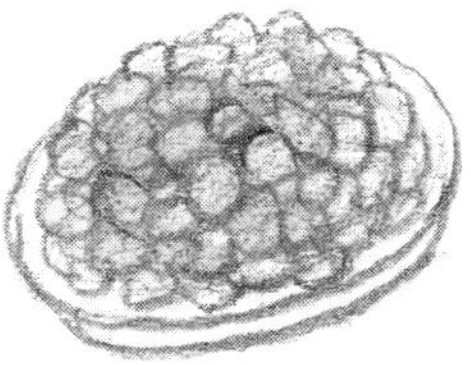

すると、　ゆうたろうが、　ゆかいなふしをつけて、
こんなうたをうたいました。

こがらし　ひゅーひゅー　ふくまえに、
くうちゃん　アップルパイたべて、
げんきになぁれ。
ゆきが　ひらひら　ふるまえに、
くうちゃん　アップルパイたべて
げんきになぁれ。

やがて、アップルパイがやきあがりました。
おじいさんが、かまから、アップルパイをとりだすと、
ゆうたろうは、「わあ！」と、
ひとみを
まんまるにしました。

「おいしそうだねえ。
くうちゃん、きっと、よろこぶよ」
（くうちゃん？　さっきの
うたにも、でてきたけど……）
おじいさんが、くびをかしげると、
ゆうたろうが、いいました。
「これ、もうすぐ冬眠《とうみん》する、
くうちゃんにプレゼントするんだ」

「えっ、じぶんで
たべるんじゃないのかい？」
　ゆうたろうは、きゅうに
声《こえ》をひそめました。
「くうちゃんね、このまえ、
町《まち》にいって、とっても
こわい目《め》にあったんだよ」
「こわい目《め》？」
「町《まち》のひとに、おいかけられて、
つかまりそうになったんだ。

くうちゃん、
ぼくみたいに、
人間《にんげん》にばけずに、
そのままのかっこうで、
町《まち》にいってしまったんだ」
「くうちゃんて……？」
ゆうたろうは、
こっそりといいました。
「くまなんだ」
「えっ、じゃあ……」

おじいさんは、ひと月《つき》まえ、
こぐまが、町《まち》にあらわれて、
大《おお》そうどうしたことをおもいだしました。
あのとき、こぐまは、
にげまわっているとちゅう、
車《くるま》とぶつかって、けがをしたはずです。
おじいさんは、そんなこぐまが、
ぶじに、山《やま》にかえることができただろうかと、
ずっと気《き》になっていました。

「けがをしたはずだけど、
けがのぐあいは、いいのかい？」
「けがは、もうだいじょうぶだよ」
「それならよかった」
　おじいさんが、
ほっとかたの力《ちから》をぬくと、
ゆうたろうがいいました。
「でも、あんまりげんきがないんだ」
　おじいさんは、
ふかいためいきをつきました。

「町《まち》で、こわいおもいをしたんだ。むりもない……」

「うん。だから、なんとかして、くうちゃんをげんきにしてあげたいなあって、おもっていたとき、おいら、すっぱいけど、げんきになるリンゴのことを、おもいだして、とってもよいことを、かんがえたんだ」

「それが、アップルパイかい？」
ゆうたろうは、こくんと
くびをふりました。
「くうちゃんに、
げんきになるリンゴで、
おいしいアップルパイを
つくってあげたら、
もっとげんきになって、
いやなことをわすれるんじゃ
ないかなって……」

「ほんとに、
そうなったら、いいねえ」

「うん。でも、ぼく、まだ、
アップルパイがつくれないから、
かわりに、だれかに
つくってもらおうって……。
それで、つくってもらうなら、一《いち》ばん
おいしくつくってくれるひとに
おねがいしようと……」
　ゆうたろうは、そこで、ちらっと、
おじいさんを見《み》ました。
「ほんとはね、

おじいさんのアップルパイが
一《いち》ばんだっておもってたけど、
いちおう、町中《まちじゅう》のケーキ屋《や》さんの
アップルパイをあじみしてみたんだ」

「むりして、おせじをいわなくてもいいよ」
おじいさんが、わらうと、
ゆうたろうは、むきになっていいました。
「おせじなんかじゃないよ。こんど、
ほかのお店《みせ》のアップルパイもたべてみて、
おじいさんのアップルパイが、
どんなにおいしいか、わかった。
これからも、おいしいアップルパイを、
ずっとつくってね」

それをきくと、おじいさんは、
さびしそうにうでをくみました。
「ずっとつくるのは、
むりかもしれないなあ」
「どうして？」
「つくっても、おきゃくさんが、
そんなにこないし、そろそろ
店《みせ》をしめようかなって
かんがえてるところなんだ」
「え！」

ゆうたろうは、おじいさんのはなしに、いきなり、頭《あたま》でもなぐられたような顔《かお》をすると、大声《おおごえ》をはりあげました。

「だめ、ぜったいしめちゃだめ！」

いつのまにか、西《にし》の空《そら》に
うかんだ雲《くも》が、みかんいろに
そまりはじめていました。

おじいさんは、そろそろかえることにしました。

すると、ゆうたろうが、もじもじしながらいいました。

「おいらを、おじいさんの弟子《でし》にしてくれないかなあ？」

「弟子《でし》だって！」

おじいさんが、びっくりすると、ゆうたろうは、あいかわらずもじもじしながらいいました。

「にいちゃんが、はじめての
おきゅうりょうで、
おじいさんのところのケーキを
買《か》ってきてくれたときから
おもってたんだ」

「なんだって……」

おじいさんは、すこし
目《め》をうるませながら、
わざと、どうしようかなあと
いう顔《かお》をしました。

「弟子《でし》にしてやってもいいが、
弟子《でし》になるのは、たいへんだぞ。
店《みせ》のそうじだとか、ボールあらいだとか、
つらいしたばたらきが、たくさんあるぞ」
おじいさんが、きびしいちょうしでいうと、
ゆうたろうは、大《おお》きくうなずきました。
「おいら、弟子《でし》になって、
おじいさんのように、おいしいケーキが
つくれるようになるなら、
どんなことだって、へいきだい」

「そうか。じゃあ、弟子《でし》にするまえに、
したばたらきが、ちゃんとできるかどうか、
テストするから、いつでもおいで」
「じゃあ、くうちゃんが、
冬眠《とうみん》したら、いくね」

　ゆうたろうは、
ひとみをきらきらさせると、
「これ、おみやげ」
と、あのリンゴを、
あけびのつるであんだ、かごにいれてくれました。
「あした、これで、アップルパイをつくると、
きっと、よいことがあるよ」
「そりゃあ、たのしみだ」

おじいさんは、リンゴをもって、
きたときとおなじように、
山《やま》を三《みっ》つこえて、
町《まち》にかえりました。
おもいリンゴのかごを
もっているのに、
こんども、ちっとも
いきがきれませんでした。

よくあさ、おじいさんは、ゆうたろうからもらったリンゴで、アップルパイをつくりました。

すると、ひさしぶりに、おきゃくさんがやってきたのです。

「リンゴのよいにおいにつられて、きてしまったわ」

おきゃくさんは、きんじょのひとばかりではありませんでした。

なかには、となりの町《まち》から、わざわざやってきたひともいて、おなじことをいったのです。

（なるほど、よいこととは、このことだったのか。それにしても、となりの町《まち》まで、においがしたなんて、

ひょっとして、においが、とおくまでとどくように、
ゆうたろうが、リンゴに、まほうをかけたんだろうか）

おじいさんは、ゆうたろうが、リンゴにむかって、いっしょうけんめい、おまじないをとなえているようすを、おもいうかべて、ほほをゆるめました。

おきゃくさんたちは、
おめあてのアップルパイの
ほかにも、いろいろなケーキを
買《か》ってかえっていきました。

そうして、
この日《ひ》をさかいに、
おじいさんの店《みせ》には、
また、おきゃくさんが、
たくさんやってくるように
なったのです。

おきゃくさんたちは、ひさしぶりに、おじいさんの店《みせ》に
やってきて、町《まち》に、おいしいケーキ屋《や》さんが
あったことをおもいだしたのでした。

おじいさんの店《みせ》では、いま、男《おとこ》の子《こ》がすみこんで、
店《みせ》の窓《まど》ふきをしたり、仕事場《しごとば》のあらいものをしたり、
せっせと、したばたらきをしています。
みなさんには、この子《こ》がだれか、おわかりですね。
おじいさんは、この子《こ》が、まじめにはたらいて、

しょうらい、おいしいケーキがつくれるようになったら、
店《みせ》のあとをつがせてもよいと、かんがえています。

作者●茂市久美子（もいち　くみこ）

岩手県に生まれる。実践女子大学英文科卒業。在学中より童話を書きはじめる。同人誌『童』同人。『おちばおちば　とんでいけ』（国土社）で、第3回ひろすけ童話賞受賞。おもな作品に『森のせんたくやさん　あなぐまモンタン』（学研）、『トチノキ村の雑貨屋さん』（あすなろ書房）、『ほうきにのれない魔女』（ポプラ社）、『つるばら村のパン屋さん』（講談社）、『アンソニー』（あかね書房）、『ドラゴンにごようじん』『ドラゴンはくいしんぼう』『ドラゴンは王子さま』（以上国土社）など多数ある。

画家●狩野富貴子（かりの　ふきこ）

高知県に生まれる。広告の仕事を経て、絵本や挿絵を手がける。おもな作品に『のれたよ、のれたよ、自転車のれたよ』（ポプラ社）、『てんくんのおくりもの』（女子パウロ会）、『びっくり　そっくり　しゃっくり　ようかん』『かげまる』（共に毎日新聞社）、『もうひとつのピアノ』『スポットライトをぼくらに』（共に国土社）など多数ある。

アップルパイたべてげんきになぁれ　NDC913　79p

作　者＊茂市久美子　画　家＊狩野富貴子

発　行＊2007年9月15日　初版1刷発行　2019年12月25日　初版5刷発行

発行所＊株式会社　**国土社**　〒101-0062　東京都千代田区神田駿河台2-5

電話=03-6272-6125　FAX=03-6272-6126

https://www.kokudosha.co.jp

印刷＊モリモト印刷株式会社　製本＊株式会社難波製本　ISBN978-4-337-33063-4